歌集

「濱」だ

浜田康敬

Hamada Yasuyuki

角川書店

「濱」だ　目次

第一章

第二章

第三章

装幀　片岡忠彦

歌集　「濱」だ

浜田康敬

第一章

歳晩

元日は統計的によく晴れるそんな予報に安堵しており

ためし書きしておもむろに書き始む万年筆の文字よし歌好し

去年《こぞ》買いし万年筆の書き癖ゆ馴染まぬままに年賀状書く

老眼鏡の上にもうひとつ眼鏡掛け拡大された歌を読み継ぐ

何もなく今日一日が過ぎてゆく明日のことは思わずに寝る

マスクを掛けると美人に見える人がいるそういえば今年はマスクの人多し

「天才バカボン」

「身の丈の作品なり」と評されてわが歌きょうも身の丈詠う

ちょっと見は貧相、然れどわが姿《なり》も鏡に置けばそうでもあらず

ウオーキングしているときに浮かび来し短歌的な言葉歩幅に合いぬ

目を剝くという「剝き方」をわれは知らず目を剝き叱られしこと数多あり

漫画でも美人と判る顔立ちの天才バカボン、母親の顔

束にして同じ文書の葉書出す二百余そこそこの集会案内

「家庭の医学」

死ぬことにさして怖さは感じぬとこの頃思うが死にたくはなし

同じ現場を何度も何度も見せられてテレビニュースの殺人現場

むかしからわが家の味噌は手造りでどうしようもなく濃い目の辛口

妻方の親族ばかりの寄り合いにわれもひっそり片隅に居る

如何ほどの知識得たるやトイレにて日々読み継ぎし「家庭の医学」

「緊急地震速報」とテレビ言いその揺れ来るを身構えて待つ

夕べ飲んだ下剤が今ごろ効いてくる遅いんだよぅ、この会議の時に

春だ

病人と病人見舞うわれと居て部屋に入り来る光は春だ

信仰に突如目覚めし友が来て簡明に神とうを語り帰りぬ

この顔は知れども名前まで知らぬ歌舞伎役者の演じるドラマ

悪役をみごとに演じ死んでゆくテレビドラマのこの役者好し

パチンコの新機種発表会会場にわれ居りファン代表として

三十席ほどの座席が侘しかり東京の芸人さんが来て喋るという

ろうにゃくなんにょ

月を観て星を観てとの情緒など無きままわれは月を見ている

副えられし渋茶をまずは頂きてそのあと和菓子おもむろに喰う

「老若男女」「ろうにゃくなんにょ」と当たり前その訓みかたが腑抜けに聞こゆ

「おしっこがしたい」などとは思わずに「小便したい」といつも直ぐ立つ

美味くなくても「旨い」といつも言わさるるテレビの料理番組見ている

国歌「君が代」

何処へ行くともアテなく漕ぎし自転車で目的ありしごと図書館に着く

鬱々と歌作らざるその鬱を拭わんがため図書館に来し

本読むを暫し休みて外を見る眼鏡外してしみじみと見る

しっかりと場を弁えて図書館に慎ましく泣く赤子愛おし

何時の間に眠りたるかや図書館のこの室温に適いたるらし

何の為に収め有りしやカセットにこの曲もある国歌「君が代」

明日の晴れ

カーテンを開けると猫が目を覆《ふさ》ぎそのままの姿《なり》、また寝入りたり

猫に語るが返事はしないされどまた語ればちょっと頷く気配

爪みがき、マタタビ、そして猫の食うものだけを買いポイント貯まる

猫が出入りするだけの隙間を開けておきわが家玄関いつも開くなり

明日の晴れが既に予報に確定しわれわれの動きもほぼ固まりぬ

風強く有りしに非ずわが帽子　川の真中に飛ばされて行く

「モンブラン」

かつて水着の似合いし女優いまはただ初老の人を演じて好かり

似顔絵と人相書きとは違うなりわれは似顔絵描かれていたり

紹介は「変な詩人が居りまして」と詩人はみんな変人なのだ

面白い筈の映画を観にきたが面白くなく眠ってしまう

どんな菓子が好きかと聞かれ「モンブラン」万年筆でその名を記す

まだ嫁《ゆ》かぬ娘の言いぐさは本音なり「好い人居らぬ」「親が心配」

コロッケ

あきらかに女の科《しな》に笑わする形態模写の男の真顔

コロッケを食いつつテレビ見ていしが形態模写する彼奴も「コロッケ」

家の中にはわれの他には誰も居らずそれでもトイレに鍵掛けて入る

目が宙に浮いていること意識せり詩人のごときと思い居るなり

きのうとの比較で此処の桜道きょうはしっかり満開となる

満開の桜終わればそれきりの古木のままで何ごともなし

*

きょうはふと息子のことを思い出すアメリカにいて商売している

大腸検査

二時間に二リットルの水飲み干して大腸の中まっさらにする

まっさらになる筈が未だ色残り大腸の中健やかならず

腸内に入りゆく管の感触が時おり襞に触れ、こそばゆし

大腸の中うずうずと動く管その先端のなやましき触

言葉にはならぬ言葉がモニターを見ている医師の唇より漏れる

取ることがまず最優先、わが腸のポリープにメスが今し至れり

取るときは痛いのですかと聞きながらポリープ取らるる準備して待つ

痛みなどてんで感じず順調にポリープ取られ軽々とせり

もう一つ気になる疣がありますと腸内写真見せられている

レントゲン写真見せられ「此処悪し」と云われても其処がどこか判らぬ

疑いのポリープは全て除去されてそのポリープの病名知らぬ

取り敢えず疑わしきは除去したとその疑いの病名も知らず

保険から手術給付金が貰えますと親切至極に教えられたり

こんなことで手術給付金が出ることもはじめて知った保険の仕組み

いたずら

ものを書くその最中に考える振りをして煙草一本吸えり

いたずらに煙草吸いつつその煙《けぶり》腹には入れず口先に出す

少年の頃よりわれはいたずら好きで煙草吸うこと未だに止めず

いたずらで煙草は吸うがいたずらで酒飲みしことわれにはなかりき

すでに時効、ゆえに申すがかつてわれは一度だけヒロポンを打ちしことあり

夢のはなし

海の広さ幼児に聞かせている老爺両手に拡げひろげ尽くせぬ

火を視つつ火のうた一首創らんとしつつ頻りに目が痛かりき

夢の中にわれが死んでる夢を見て生きてるわれが話し掛けいる

しっかりと筋道立てた夢を見き怪獣も居て会話もしたり

そんな出鱈目ばかり云うから信じられない、だからどうした夢ではないか

貧乏ゆすり

朝々に入れ歯嵌め込む作業ありその入り具合にひと日占う

義歯洗うそのバネ状に汚れありその洗浄に指刺されたり

三振を取られた打者が天に向き何か叫べりツバ撒き散らし

身の癖でいつも體を揺らしいる貧乏臭しと妻に言われる

そういえば「貧乏ゆすり」という言葉聞いたことあり、吾がことなりき

この頃の気象予報は精度良く台風はこの沖で直角に曲がる

庭にある一樹に蟬が数多いて一つ鳴き止みまた次が鳴く

難破船

宴会に来るには来たが下戸のわれ飲めない末席に席を定める

居ごこちの不安定なる宴席に帰る身振りを呼び止めらるる

何やかや言われることが不愉快でその言種《いいぐさ》に一つ殴りぬ

ことばより先に手が出た必然を正論として我は殴りし

殴りかえして来たるぞ相手のその拳わが正論を粉々砕く

砕かれしわが正論は後日までその人々の口の端に在りし

*

難破してそのままの船沖合いに「中国」という文字浮かせ在り

「あめ・あめ・アメリカ」

今日もまた雨が降ってる「レイン・レイン」と単語ばかりの孫の電話ゆ

早くよりわが家の息子アメリカに行き其処に棲み永住権取る

息子には会わずもよいがその児たち即ちわれの孫に会いたし

瞬間を息子の店が映りたりサンフランシスコの街嘗め映像
（テレビにて）

アメリカへ

四歳の孫が英語で新年のあいさつ呉れる電話の向こう

その後は片言日本語「アメリカにおいでよ」と孫はわれを誘《いざな》う

アメリカに行こうと思う孫の顔を見たし逢いたし、アメリカに行こう

アメリカ見聞録

アメリカに今し行きつつ日付変更線越えても時計は日本時間

時差呆けというは眠さにあらずして身体潑溂「アメリカ」を踏む

この街に大統領が来ているとニュースは言えりサンフランシスコに
（二〇一三年十一月十八日）

大統領がわれより少し早く来てわれもいま着くサンフランシスコ
（同日）

何ごとも咎め事なし、われに向く税関員もほっとしており

空港を降りて直ぐなる砂漠道その先この道何処までい行く

都市と都市結ぶこの道いや広く今でも砂漠の面影残す

アメリカの地に立ち然れど実体は見えぬが何とも大きアメリカ

中国に行った時ともまた違うアメリカの何というこの大きさは

日本時間

日本では運転席のその位置がアメリカでは助手席　なにもせず行く

なにも出来ぬことの怖さはアメリカの車の助手席は日本の運転席

アメリカは果てなく広し然れども都市部の狭さ日本の如し

日本の時間そのまま据え置いてわが腕時計アメリカに刻《う》つ

かつてむかしの我なれば此処アメリカに棲みついただろう息子のように

子が曰く「お父さんならとても無理」我がアメリカに棲むことの是非

腕時計確かめながらアメリカの夜半に日本の朝ドラを観る

アメリカの紙幣持たされ街に行くが何も購《か》わざる、欲しいものなし

アメリカ大統領

大統領は一泊、われは十五泊同じ日に来て日数《ひかず》が違う

中華街にオバマ氏がきのう来たというわれは今日来てもの食いており

信号に停まる車へ物乞いの男寄り来てわが目と合いぬ

アメリカに聞く雨の音ゆたかなり音に変わりはないのだけれど

人間に甘える猫の習性はアメリカの猫われに寄り来る

陳腐なる言いようなれどアメリカの空は「抜けるような青空」であった

そもそもの経緯

そもそもは親子げんかが発端で息子は家出、アメリカに住む

アメリカに二店舗構えそこそこに順調なりと息子はいうが

「レストラン」という名目に日本の居酒屋風の息子の店舗

アメリカに住むことそれが我に向けし息子の批判、直言わねども

今の世であるから出来るアメリカに子は食い物屋商いており

アメリカでゴルフをしたが広すぎて日本のように遠くへは飛ばぬ

おもむろに話し掛けられ戸惑いぬアメリカ人の日本語挨拶

アメリカ大陸数十メートル漕ぎ出でて太平洋上に釣りを楽しむ

路面電車

サンフランシスコの路面電車に乗りしときむかし都電の揺れ思いたり

アメリカに二十年住む息子なりいまでは日本忘れたという

アメリカへ行くことわれの夢だった子に先越されわれもいま居り

「ヨクミテ」とカタカナ文字の落書きが書かれてありぬ「ヨセミテ公園」

観光地何処に行けども漢字書きそれも中国語、韓国語綴り

＊

ジグソー・パズルの駒の最後が埋め込まれ地球真青き容に収まる

ジグソー・パズルに埋められ出来た世界地図の日本にわれ住みアメリカに息子

*

ひと月余のアメリカ生活どっと疲れ東京夜景も疲れて在りぬ

第二章

退職

全ての仕事辞めてのうのう生きてゆく死ぬまでこんな日が続くのか

ポイントが溜まるカードを持たされて買い物に行く千円持ちて

目薬もコンビニで買える時代なり効くのかしらん、薬局で買う

ホールインワン出すと罰金百円でパークゴルフは賑わいている

アメリカより帰省せし子が未だ家に帰り着かずに花火観に行く

「子は宝」と言われるほどの実感無し素直に育ちそこそこの吾子

認知機能検査

目が覚めてさて今日のわれ免許更新の高齢者認知機能検査にい行く

一室に十名程が入れられて認知機能検査に緊張し居り

十数枚の画を見せられてそれぞれを声出し言わされその項終る

十時十分の時計の図描けとう設問のなんとも易しされど戸惑う

次の設問「きょうは何月何日ですか」咄嗟のことでしばらく無言

先に見た画のことをまた思い出し列挙せようその十数枚

ことごとく設問終り寛げり　さっき見た画がまた顕ちてくる

リハビリ治療

診察カード受け付けられてそれからの待ち時間また果てなく長し

わが家では見ないテレビの朝ドラを病院待合室で今日も見ている

病院の待合室で読むマンガ呼ばれて行くにページ折り置く

本名を言えといわれて本名を名乗り主治医と対峙しており

何処がどうと言われても確《しか》と応えられず只々痛し腰の周辺

しばらくはリハビリ治療で様子見て伐るか枯らすかと医者は言いたり

バス後部座席に静かに眠る人静かならざる大鼾かく

眼鏡少年二人がキャッチボールしていしがやがて止め二人とも眼鏡を外す

ウオーキング歩幅

着膨れのままに体重計られて二キロ引かるる定期健診

月に人が降りた瞬時を覚えてるその嘘っぽき画面の歪み

九、十と書いたら如何にも此れ即ち「卆」と訓ませて納得したり

夢を見ていつも思うはその夢のいたくまともな理路整然さ

何となく早口言葉の感覚にウオーキング歩幅の言葉浮かび来

植林を終えたるところさり気なく境界示す鋲穿たれあり

庭木々揺れる

われのことすこし美化され語らるる本来「美」とは無縁なるわれ

人前で喋りいることメモされてちょっと力んで言葉に詰まる

延々と続く話を面白く聞き入る人らみな笑顔なり

音程を少し外して終わる曲その外し方、技なり巧し

厠にて本読み居しが寒くなり尻を丸めて出でて来しなり

ケータイで「ハイハイ」「はいはい」返事するバス内電話の男の遠慮

一列に男性トイレが五つありその真ん中に用を足しおり

一冊の本を読み切りそれだけで今日を終えたるわれの一日

吹く風は目には見えなくされど在る庭木々確《しか》と揺れいる象《かたち》

講演会

「啄木、牧水、白秋を語る」演題に「現代短歌」を繋げて苦し

この演題に殆ど添わず啄木ばかり言いて終りぬわが講演会

聴衆を前に一時間の話し終えちょっと気忩き質問にも応う

明確な答えはあるが質問をすこしずらして笑いを起こす

辻褄の合わぬ話でこのことは打ち切りたいが拍手が止まぬ

丁度よき時間なるかなざわめきの一瞬退きしを確かめて終わる

長くもなく短くもなしの小一時間啄木だけを語りて終わる

東京に二夜連泊その二日目は空港近くのパチンコ屋に居る

原稿用紙

猫のこと好きならざるに飼いいしが十五年生き死んでしまえり

柱のキズは一昨年《おととし》ネコが死ぬ前に踠《もが》きつくりし傷痕なりき

妙な夢即ちわれが誰彼の前に好かれて中心に居る

また雨が降る感じして明後日の日曜日の予定変えてしまえり

東京よりたびたびメール呉れる人に「宮崎の今日は雨」と返しぬ

購《か》い置きし原稿用紙は色褪せてパソコンに溜めたうた書き写す

うた一首作り損ねて眠られずわれを邪魔して君が顕ちくる

栞紐まで

その名前が美貌歌人と思わするうたはいまいち迫力がない

栞紐までは読もうとこの歌集に栞紐無く最後まで読む

一首一首は決して強くはないのだが一冊の歌集読みて膨らむ

なかなかに良き歌集とぞ読み進み最後はやはり平凡に終う

この組織には何人のひとが居るのだろう短歌結社誌にきみの名探す

いのち

折角にわが家の庭に咲きしバラ垣根の外に這いゆき咲けり

アメリカ人の如く背高き花なりき「アメリカデイゴ」と人に聞きたり

薬飲むために置きある白湯《さゆ》なりき効き目を徐々に降ろす温もり

病みてこそ命労わる思いなり病院にきょうも人多く居り

病院の待合室は生きたくてそれぞれの顔生き生きとあり

神からの賜物としての命なり朝夕われも手を合すなり

大学病院まことと大学らしき格その優雅さに患者らも亦

「逃亡者おりん」

人の目に曝されることも苦にならずすこし派手目のシャツに出《い》で行く

青空の下に名前が呼ばれゆく欠席者なき地区老人会

呑むことがてんで適わぬわれもまた利き酒会の会場に居る

歌会でみんながみんな良い歌と言うからわれも釣られて褒める

もう一行書けば完璧、依頼誌の四百字原稿用紙一枚分の量

あきらかにゲームの中の筋書きで「逃亡者おりん」われも追うなり

（パチンコ機種「逃亡者おりん」）

アイウエオ順

自殺せし歌人の父も歌人なり死んだ息子の歌作りおり

何で死んだかわけは知らぬが自らを殺めしその手が歌書きいしと

遺書めいた短歌であったとその父は息子の自殺めそめそと言う

歌作ることはすなわち遺書を書くことにも似たりわれも歌書く

アイウエオ順に名前が呼ばれゆき無視さるるなくわが名も呼ばる

白南風

黒南風も白南風も訓《よみ》としては識るが体感的にはただの南風《みなみかぜ》

解説者ぶって言うけど「黒・白」は雲の色なり「南風《はえ》」の上に置く

白南風や黒南風はまた漁師ことばその日の空を視つつ云うらし

体感に触れ来し柔さ心地良く日に日に南風を意識に置けり

黒白を色で謂うなら白が好き南風の黒白、やはり白好し

知ったかぶりで言うなら白南風柔らかく黒南風はかなりの強き風なり

＊

やがて来る夏の暑さの此処逃げて生れ地釧路に今年も行こう

年金

わが家にはトイレに木刀置いてある誰が置いたか何の為かや

昨日よりもやもやとして留まりおり今朝の便通、昨日と同じ

かみなりが鳴って雨来てやがて止みその後《のち》直ぐに晴れて快なり

夢の中には時折り母は出てくるが父は出て来ぬ　父も死んでる

これまでも思い出すのは父のことばかりで母はわれには在らず

何ということはなけれど通帳に今日は年金振り込まれあり

死後まで続く

今日もまた雨の予報は継続し然しも降らず今日で五日目

何気なくわが呟いたひと言が次回うた会の題詠となる

「焼き芋」という題詠でうた作る此処はリアルに芋を喰いたし

次の題詠「星」と決まりて空を観る星在り、されどことば浮き来ず

星と星とを線で繋いで白鳥座オリオン座そして女体も創る

くら闇に文字書き連ね朝に見てそれを拾いてうたに成しゆく

フォークソングは全編詩語に覆われて詩語、詩語、詩語、詩語、死後まで続く

高速バス

しっかりと時間調整弁えて高速バスのスピード、平《たいら》

高速バスが各々留まるバス停に人の乗降全く有らず

トンネルを三つ潜れば「県境」と看板在りぬわが向かう町

目的はなけれどわれはこのバスの終着地点に食堂探す

食堂の客の一人がわれと同じさっきのバスで降りた人なり

団地祭り

どの橋を渡って行っても向こう町の祭り会場どでかく広し

水張田の向こう高台団地にて団地祭りの動きが見ゆる

景としては遠きがゆえに際立ちて祭りのかたちらしき動きゆ

踊り子の誰彼の名まで存ぜぬが団地の祭りみな知人なり

大鍋の底いに凝る甘辛を掻き混ぜて均等の味造りゆく

祭り味と謂うべき味に大鍋の料理忽ち無くなりたりき

「濱」だ

「大宇宙展」の会場広し何処までも行けども出口になかなか至らぬ

テレビ画面に百人映れば百人が首を振ってるテニスの試合

涙するほどの筋とは思わぬがテレビドラマの最後で泣きぬ

宝くじ買い損ねたる悔しさは当たり損ねのごとくに口惜し

この頃は漢字に意味を籠め過ぎた歌が多くてやや凭れ気味

民謡を聞きつつ昼寝する筈の媼が立ちて踊り始めり

二ヶ月前にも来た映画館その時の使用禁止のトイレそのまま

おおまかに「北海道出身」では不満なりわれは言い直す「北海道釧路市生れ」

通常は「浜」という字を使うなり然れども戸籍の本字は「濱」だ

第三章

「令和」

わが部屋に等身映る鏡あり日々写されて日常が在る

ふと見たる鏡のなかのわが姿《なり》が瞬時身構う　何の身構え

わが目まず鏡中を見るその目もて鏡のなかのわれも吾を見る

「我」という文字で表現するときの「我」の有りよう少し堅かり

諸々の花満開で庭木々はそれぞれに確《しか》と匂いを放つ

*

明治、大正、昭和三代を父母は生き　昭和、平成、令和わが生く

身の丈

野の花が花壇に置かれ値を貼らる一鉢六十円の値《あたい》は妥当

この人のはなしはいつも長くなり切り上げ時と腕時計見る

身の丈に合いし財布と購いて身の丈に合わず使われず置く

一ヶ月に一度の検診、髭を剃り髪整えて女医さんの前

うた作ることではないが小半日、机に拠りてただ文字見居り

団地バス停

わが住める団地にバスが乗り入れてわが家の前がバス停になる

こどもより安い料金でバスに乗れる老人なれば百円均一

行先は駅前行きのバスにして其処から東京へも釧路へも行ける

*

むかし線路に耳当てながら追っていた東京行きの汽車の響きゆ

番いの蝶

旨いとは思わざるまま喰わされてきょう夕食の冬瓜が菜

むかしから虫も殺さぬ好い男と言われしがいつも蚊だけは叩く

賛成派多数が欲しとこのわれに明日の会議に出てくれという

請われれば拒む理由もなきままに二時間ほどの集会に行く

遅々として進まぬはなしその遅々が楽しくもあり結論みえて

マナーモードに非ざるわれのケータイが会場全体に響き鳴りたり

自家製の漬物石に来て止まる番《つが》いの蝶のその重さはや

チューブ歯磨き

何処の何方か存じませぬがわが家前を定時にい行く紳士と目礼

曇り空なれども今朝は平らかに間なくして晴るる明るさを持つ

きょうが最後いやいや明日もまだ出るとチューブ歯磨きまた棚に置く

たちまちに短歌が三首も出来た日は気分好かりきもう一首いこう

心地良くいま三首目が出来上がり四首目の初句また湧きてくる

年寄りの顔にも見えてアメリカ人の留学生がわが町に居る

いまトイレに入ったところで電話鳴り直ぐ出て出たがすでに切れてた

そしてきょう晴れて柿の木見上げたり柿の実確《しか》と太く在りたり

林家木久扇

この道を真直ぐに行くとわが家ありそれ故この道真直ぐに行く

テレビにてわが家近辺映されるナマで見るより美《は》しき色顕ち

もう雨は降るまいと思い出て来たがバス停までも保《も》たず降り出す

静かなる雨の降り様しっとりと濡れて瓦《いらか》の整い美しき

この風は台風前方の風として薄くひゅるひゅる北へ向き吹く

注文の多き作品の依頼来て結果、いつもの普通作出す

パソコンに坐るといえば聞こえよし坐りて直ぐにゲーム始める

病院へ妻を送ってゆくときのわれの運転喜々としてあり

＊

今日は街の音楽館に落語家の林家木久扇聴きに行くなり

釧路・宮崎

釧路に生まれ宮崎にいまわれは住み共ども思う色濃ゆき町

目の前の海を遥かに北に向けその位置釧路と繋げて見おり

今年また正月二日、思い立ち釧路にい行く宮崎空港

宮崎から羽田経由で釧路行、朝発ちすらすら昼過ぎに着く

釧路には知る人誰も居らざるが年ごとに来るわが生れしゆえ

わが生れし釧路に来れば空港に観光客として迎えられたり

釧路には何もなけれど役場にはわが出生届確《しか》と在る筈

啄木の歌は皆識る釧路ではわが歌のこと誰も知らざり

母は父より十年早く死にしゆえその母の顔われ覚えなし

当然に母の事ども思うなり釧路何処かに縁戚或る筈

霧多き街とは釧路言わるるがその憶いなくわれの「釧路」は

「釧路」とう文字畏みて打ちながらパソコンの中に「釧路」成しゆく

宮崎に棲み四十年がとうに過ぎ疾うとも謂えずわれの日常

歌碑

僧侶たりし父はもむかし務めいし釧路灯台脇、西端寺

釧路灯台＝正式名称は「釧路埼灯台」

かすかなる覚えで言えば家を出て直ぐなる処が啄木の歌碑

寺脇の米町公園、啄木の歌碑ありわれの遊び場たりき

啄木の歌碑に纏いて歌の文字まだ読めぬまま日々遊びいき

その頃は「啄木」のことわれは知らずただただ碑《いし》と纏わりていき

「しらしらと氷かがやき」「千鳥」無くただ鴉のみ啼いていたなり

釧路には確たる色の碧さあり他にも確《しか》と色多き街

父のこと

高野山より派遣されたる父の任地は釧路であったが為のその寺

大正の終りの年は即ちは昭和元年、父釧路に来

そして直ぐ檀家の娘と所帯持ち釧路生活の始まりしとぞ

釧路また帯広地区も管轄に寺の檀家の分布の広し

街なかを坊一団が行く写真その先頭に父居り若し

その写真セピア色してその中に父の僧衣は際立ち古く

後に見た父の僧衣は鮮やかな朱の色顕ちて遺品となしぬ

*

寺の前の遊郭たりし一帯はいま瀟洒なる住宅街なり

弔いの帰りに寺に入る前に禊ぎとぞ遊郭に行く坊一団

寺人の回顧談もてわが母に父の給料は手渡たされおり

*

縷々詠う釧路にわれの思い出なくその寺まえのわが家も覚《し》らず

母のこと

わが家のこと書かんと思い広げしが紙に先ず書く母の名「松枝」

母のこと全く覚えなきわれが父より兄より聞きしが全て

母のこと思い出としては何もなくただ「松枝」とう名前のみ知る

母死んだその時のことを覚えなく兄より聞いて母を憶いぬ

兄の云う母の器量はそこそこと言いたる兄の度量が嬉し

そして兄・姉・弟

姉がいて兄いて、も一人の姉もいて我は四番目、弟もいる

母よりも一年早くに長姉死に憔悴の母もその後に死ぬ

微かなる憶《おも》い中に母の死を火葬場に我が泣いていたこと

それ以上まったく母のことは知らず釧路はわれの生地で在りき

その後を二番目の姉も死にしゆえ父は釧路を離れたという

父離釧

母が居てこその釧路で在りしゆえ父の釧路は其処で終わりぬ

戦時末期、釧路を發ちて高知まで夜汽車三泊父は還りぬ

以後、父は釧路のことは何一つ云わず語らず肺を患う

その父も高知に死んで終りたり、わが家を語るにもう何も無し

母死んで父死んで後、長兄を父としわれと弟は生く

以後三人のわれら兄弟きょう現在まだ生きている皆八十代

＊

形見として残れる父の僧衣なりその一条の朱色　鮮やか

慶賀

釧路に生まれ宮崎にいま我は住むが共々この町　彩《いろ》多き町

いつまでも整理途中の写真帳にまた一枚を其処に置きたり

母死んで父死んでそして姉が死にその後わが家に死者なし　慶賀

*

そういえば釧路はいつも雪の日で今度はいつか夏にこそ行こう

あとがき

私は、前歌集『百年後』（２００９年９月）を上梓した時に、これが私の最後の歌集、と秘かに思っていた。以降、しかし私はまだこの世に息をしており、結果、それまで身に付けてきた作歌意識も健在で、その結果、もう一冊歌集を出したいという欲求が生じ、今回のこの歌集となった。

とき、折しも全世界が新型コロナウイルス禍に巻き込まれ、其れが災いしたわけでもないのだが、気分的には途中、ちょっと落ち込み、この作業の著者校正が手元に届いた段階でその作業が滞ってしまった。それが原因で半年間、まったく編集部には何も連絡をせず、多大な迷惑を掛けてしまったが、どうやら私はその時「死んだのではないのか」という風にも言われていたらしい。

いま宮崎に住み、もう此処が終いの棲み家と意識しての日常を過ごしているのだが、しかし今回、何となくこの地球終焉も予感させられるようなコロナウイルス禍を、もう少し、それこそ本当にこの地球終焉を視てみたい、という欲求も乗せての今回の作業の遅れとなってしまったことを言い訳としておきたい。

相も変わらず、まったく変化のない作品ばかりの歌集だが、とにかく私は、間なくして終焉するかもしれない地球よりは、ちょっと早くにこの世から居なくなるであろうが、しかし宇宙的規模の時間計算ではまだまだ地球残存は続く筈なので、そんな中、こんな歌人も居たんだな、とのやさしい目持でこの歌集を読んで頂ければありがたい。

令和二年七月

浜田康敬

略歴

浜田　康敬（はまだ　やすゆき）

昭和 13 年　北海道釧路市生まれ
昭和 36 年　第 7 回「角川短歌賞」受賞
歌集『望郷篇』『望郷篇以後』『旅人われは』『家族の肖像』
『百年後』

歌集 「濱《はま》」だ

2020年8月25日 初版発行

著 者 浜田康敬
発行者 宍戸健司
発 行 公益財団法人 角川文化振興財団
〒359-0023 埼玉県所沢市東所沢和田3-31-3
ところざわサクラタウン 角川武蔵野ミュージアム
電話 04-2003-8717
http://www.kadokawa-zaidan.or.jp/
発 売 株式会社 KADOKAWA
〒102-8177 東京都千代田区富士見2-13-3
電話 0570-002-301（ナビダイヤル）
https://www.kadokawa.co.jp/
印刷製本 中央精版印刷株式会社

 ISBN978-4-04-884276-1 C0092